Lena Hesse   Philipp Winterberg

Five Meters of Time

Pesë Metra Kohë

musically challenged mouse with home-made guitar

English (English)
Albanian (Shqip)

Translation (English): Christina Riesenweber and Japhet Johnstone
Translation (Albanian): Iliriana Bisha Tagani

www.philippwinterberg.com

Idea/Text/Illustrations: Lena Hesse · Text/Publisher: Philipp Winterberg, Münster · Info: www.philippwinterberg.com
Fonts: Lena Hesse, Patua One, Noto Sans etc. · Copyright © 2017 Lena Hesse/Philipp Winterberg · All rights reserved. No part of this book may be reproduced, stored in a retrieval system, or transmitted by any means without the written permission of the author.

The story that I want to tell you happened not too long ago in a city so big that it takes many days if you try to cross it by bike. Even by car it takes several hours.

This city is crammed full of life. Life that walks and stands and crawls, strolls, creeps, jumps and sometimes even flies. Nobody knows how many people exactly are living in this city, but there might be about seven and onety three quarter phantastillion ten and one billion gillion tweleven million hundred and twenty-four thousand three hundred forty-eight and eleven.

There is rarely a house that does not have at least twenty stories to accommodate all the people of the city.

And when you walk the streets of the city, the dizzy buzz of noises becomes so loud from time to time that you have to cover your ears for a bit to clear your head again.

Historia që dua t'ju tregoj ka ndodhur jo shumë kohë më parë në një qytet aqë të madhë sa duhen shumë ditë për ta kaluar me biçikletë. Edhe me makinë duhen disa orë.

Ky qytet është i mbushur plotë me jetë. Jeta këtu ecën e qëndron, zvarritet, shetit, lëviz, hidhet e madje ndonjëherë edhe fluturon. Askush nuk e di me saktësi se sa njerëz jetojnë në këtë qytet, por mendohet të ketë rreth shtatë trilion e tetëqindë milion e katërqind e tridhjetë e pesë mijë banorë.

Rrallë ka ndonjë shtëpi e cila nuk ka të paktën nja njëzet histori për të gjithë njerëzit e qytetit.

Kur ecën nëpër rrugët e qytetit, tollovia e zhurma bëhet aqë e madhe saqë kohë pas kohe ti duhet të mbyllësh veshët në mënyrë që të qartësosh kokën.

In this city, there began a day just like any other, a regular weekday, when most of the people were running errands early in the morning or going to work. It must have been about seven a.m., when a small and slightly hunch-backed snail was standing at a crosswalk.

Në këtë qytet dita filloi ashtu si çdo ditë tjetër, një ditë jave e zakonshme, ku shumica e njerëzve ishin duke nxituar herët në mëngjes për në punë. Duhet të ishte rreth orës shtatë të mëngjesit,...kur një kërmill i vogël gungaç po qëndronte anës rruge.

It first looked to the right ... ... and then to the left ... ... and just to be sure also up ... ... and down. You never know.	Së pari shikoi në të djathtë... ... e pastaj në të majtë... ... dhe për tu siguruar shikoi edhe lartë... ... e poshtë. Nuk i dihet kurr.

... and after it had convinced itself that all cars were still quite far away, it started its journey. And as it is common among all snaily creatures, it was moving incredibly

..............s......................l.....................
..............o......................w....................
.l...................y.....................................

It hadn't even moved three inches by the time everybody else had already crossed the street and disappeared into the bustling crowds on the other side. The first cars came, some with silently squeaking tires, to a halt in front of the crosswalk.

I know what you're expecting now: people checking their wristwatches in annoyance, noisy complaints, long blasts of honking, maybe some random ruffian picking up the little snail to carry it to the other side of the street hastily, so that things could **moveonfinallymoveon**!

That's what you're counting on, right?

Nothing like that happened.

... dhe pasi u sigurua se të gjitha makinat ishin shumë larg tij ai filloi të ec. Dhe siç e kanë zakon të gjithë kërminjtë, ai po lëvizte jashtëzakonisht

..................n..........................g...
..............a..................d............
..............a..................l.................

Nuk kishte lëvizur as tre inç në kohën kur të gjithë të tjerët kishin kaluar tashmë rrugën dhe ishin zhdukur në turmën plot jetë në anën tjetër. Makinat e para erdhën, duke u ndaluar para vendkalimit me zhurmë.

Unë e di se çfarë po prisni ju tani: njerëz që shikojnë orën e dorës të mërzitur, njerëz që ankohen, bori që bien e ndoshta ndonjëri nga kalimtarët do të marr kërmillin e vogël dhe do ta transportojë atë në anën tjetër të rrugës, në mënyrë që ai të vazhdojë, më në fund të vazhdojë rrugën!

Këtë po prisni, apo?

Asgjë e tillë nuk ndodhi.

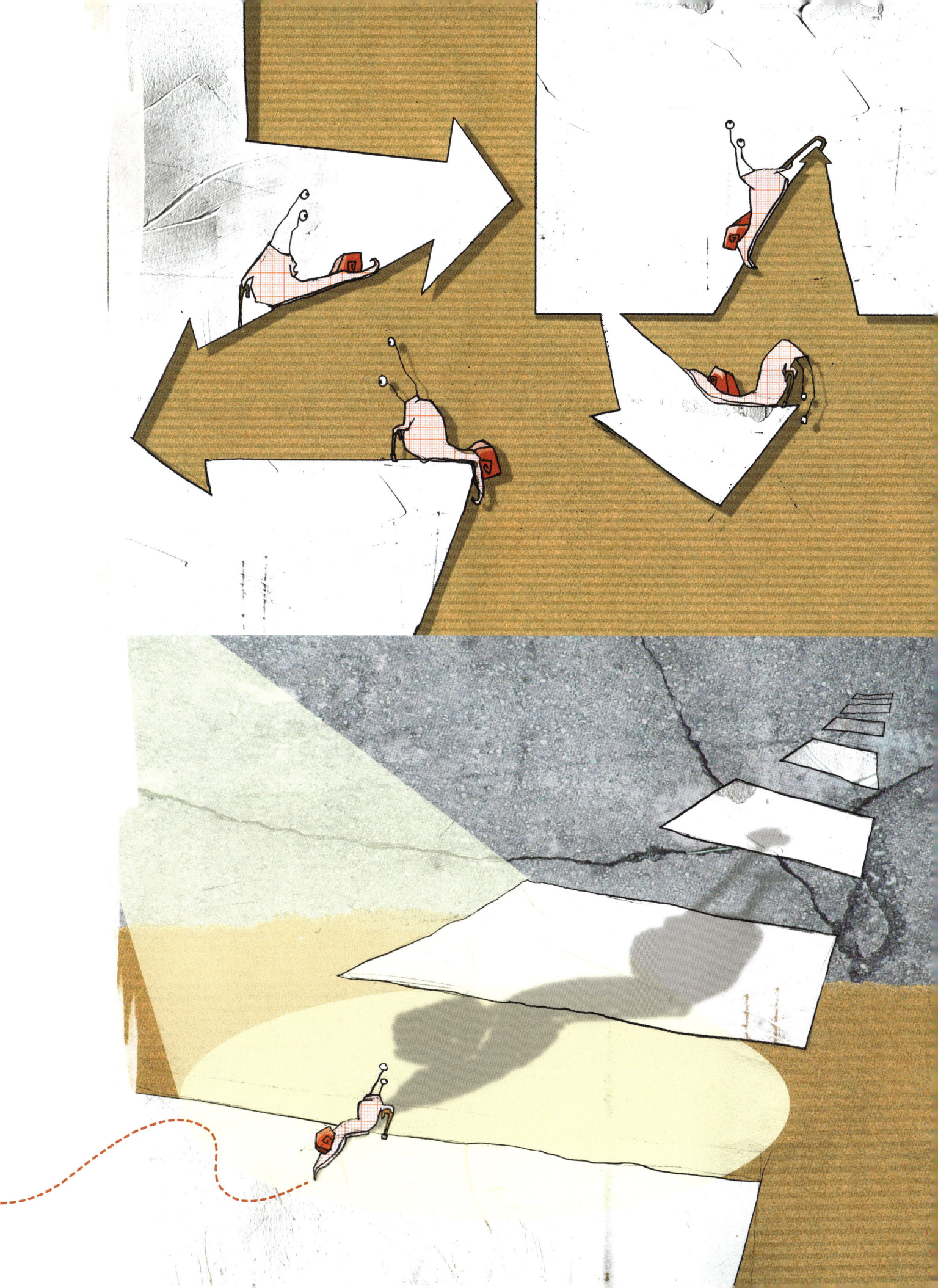

In a van that had stopped right in front of the crosswalk, there was a small tree frog. His job was to forecast the weather every day (once in the morning at six, then again at seven thirty, at noon and then again at eight in the evening).

He was the only weather-frog far and wide, and this is why he was broadcast on every TV channel in the city. The frog was about to honk his horn – considering that it was seven already and his next forecast was coming up in half an hour – when he saw, in his rear-view mirror, how behind him the sun was rising slowly and bathing all of the houses one by one in golden light.

Në një furgon që kishte ndaluar mu para vendkalimit, ndodhej një bretkocë e vogël. Puna e tij ishte të parashikonte motin çdo ditë (një herë në mëngjes në gjashtë, pastaj përsëri në shtatë e tridhjetë, në mesditë dhe pastaj përsëri në tetë të darkës).

Ai ishte i vetmi bretkocë – parashikues moti në këto anë, dhe kjo ishte arsyeja pse ai transmetohej në çdo kanal televiziv në qytet. Bretkoca ishte gati ti binte borisë - duke pasur parasysh se ora tashmë ishte shtatë dhe parashikimi i radhës ishte pas gjysmë ore - kur pa, në pasqyrë se si dielli pas tij po lindte ngadalë duke ndriçuar shtëpitë një e nga një në një dritë të artë.

He frowned and thought to himself: I'm always talking about the weather. And I've been doing this for so long now that I can't even recall the last time that I actually felt and enjoyed the weather. After all, there is no weather in the weather studio.

He sat like that for a moment and then he turned off the engine of his van, got out and grabbed his weather-frog ladder to climb on to the roof of a house.

And he picked the highest one in the street.

Ai ngriu dhe mendoj për vete: Unë gjithmonë flas për motin. Merrem me këtë punë për një kohë të gjatë aqë sa as nuk e mbaj mënd herën e fundit kur e kam ndjerë dhe shijuar me të vërtetë motin. Pas së gjithash, nuk ka asnjëfarë moti në studio.

Ai qëndori ashtu i ulur për disa çaste dhe më pas e fiku motorrin e furgonit të tij, mori shkallët dhe u ngjit mbi çatinë e një shtëpie.

Ai zgjodhi shtëpinë më të lartë në atë rrugë.

About the same time, an Italian violin that was famous well beyond the city limits, got out of her limousine and asked the driver to help her get on the roof of the car so that everybody would see her.

'Signorina,' the driver piped up, 'The rehearsal at the Philharmonic!' The violin wasn't worried. 'At the Philharmonic, there are only empty rows of chairs at this point of the day. Some musically challenged mice at best!

But look around you – this place is full of people! There is no place nicer to play than this!'

As she stood on the roof, she curtsied and began to play for all the waiting people. And even though the song was very new (it wasn't to premiere until a week later and she still needed some practice) everybody was enchanted. They closed their eyes and listened in awe.

Në të njëjtën kohë, një violinë e njohur italiane doli nga limuzina e saj dhe i kërkoi shoferit ta ndihmonte atë të hipte mbi çatinë e makinës në mënyrë që të gjithë ta shihnin.

„Signorina", bërtiti shoferi, „Provat në Filarmoni!" Violina nuk ishte e shqetësuar. „Në Filarmoni, ka vetëm rreshta e karrige bosh në këto orë të ditës. Disa minjë të talentuar ndoshta!

Por shikoni rreth jush - ky vend është plotë me njerëz! Nuk ka asnjë vend më të mirë për të luajtur se sa këtu!"

Teksa po qëndronte në çati, ajo filloi të luante për të gjithë njerëzit që ishin duke pritur. Edhe pse kënga ishte shumë e re (nuk ishte në premierë edhe disa javë e ajo akoma kishte nevojë për të ushtruar) të gjithë u magjepsën. Ata mbyllën sytë dhe po dëgjonin tingujt.

There was a scuttling in an alley. A scuttling the likes of which can only come from a many-legged creature. It was the cross spider who usually is never seen during daylight. Mostly, she spent nights annoying the tenants of the house by weaving her threads across their windows and doors and even across the street to make people trip. But now, to everybody's surprise, she lowered herself from a drainpipe and listened with half-closed eyes to the music of the famous Italian violin.

Then she picked up two long, thin sticks and started – her eyes still halfway closed – knitting.

Në një rrugicë ishin grumbulluar disa njerëz. Një grumbull që mund të vinte vetëm nga krijesat me shumë këmbë. Ishte merimanga e cila zakonisht nuk dukej gjatë ditës. Kryesisht, ajo i kalonte netët duke bezdisur banorët e shtëpisë me rrjetët e saja nëpër dritaret dhe dyert e tyre, e madje edhe nëpër rrugë për ti bërë njerëzit të pengoheshin. Por tani, në habi të të gjithëve, ajo zbriti nga një tub kullues dhe me sytë gjysëm të mbyllur po dëgjonte muzikën e violinës së famshme italiane.

Pastaj ajo kapi dy shkopinj të gjatë e të hollë dhe filloi – me sytë ende të mbyllur - të thurte.

'What are you knitting? A scarf?' two penguins called up to the spider from the windows of their car.
'It is still way too hot for a scarf,' replied the spider in a friendly tone. 'I'm not quite sure what it's gonna be.'
The penguins consulted with each other briefly.

'Make a hammock!' one of them shouted. 'Yes, a hammock!' the other one backed him up. And both climbed out of their car and waddled awkwardly up to the spider.
'For the both of us!' they called out. 'So we can put it up over the street and sit in it! And listen to the violin play and enjoy the sun!'
And after a little pause one said to the other: 'And maybe we can play some cards.'

'We could play cards!' the other one shouted to the spider and explained: 'You know, we work at the casino and there we can only watch other people play. We're just the card dealers!'

'Croupiers,' the other whispered to him.
'Croupiers!' the first one corrected himself and then said, facing the spider:
'Will you knit a hammock for us?'

The spider smiled a friendly smile.

„Çfarë po thurë? Një shall?" dy pinguin e pyetën merimangën nga dritarja e makinës së tyre. „Është ende shumë nxehtë për shall", u përgjigj merimanga me një ton miqësor. „Unë nuk jam shumë e sigurt se çfarë do të jetë."
Pinguinët u konsultuan shkurtimisht me njëri tjetrin.

„Bëj një lëkundëse!" bërtiti njëri prej tyre. „Po, një lëkundëse!" e mbështeti tjetri. Të dy zbritën nga makina dhe u nisën drejt merimangës.
„Për ne të dy!" thirrën ata. „Që të mund ta vendosim atë në rrugë dhe të ulemi në të! Dhe të dëgjojmë violinën duke luajtur e të shijojmë diellin!"
Dhe pas një pauzë të vogël i thonë njëri tjetrit: „Dhe ndoshta mund të luajmë edhe me letra."

„Ne mund të luajmë me letra!" bërtiti tjetra dhe nisi ti shpjegoj merimangës: „Ju e dini se ne punojmë në kazino dhe atje ne vetëm mund të shikojmë të tjerët se si luajnë. Ne jemi vetëm shpërndarës të letrave!"

„Krupier", pëshpëriti tjetri. „Krupier!" e para korrigjoi veten dhe pastaj tha, duke shikuar nga merimanga: „A do të na thurësh një lëkundëse për ne?"

Merimanga buzëqeshi.

Because spiders know how to work threads very well, it wasn't long before the two penguins were taking off their starched tuxedos and cozying up in a big hammock, made out of soft spider wool.

While the weather-frog was sitting in the sun, and while the violin was fiddling, and while the spider was knitting, and while the penguins were playing Go Fish and Rummy, at the crosswalk, in the third row, the door of a red truck opened and a gargoyle hopped out.

Për shkak se merimangat dinë të punojnë mirë nuk kaloj shumë dhe dy pinguinët hoqën kostumet e kollaret e tyre dhe ishin ulur në lëkundësen e madhe, të bërë prej leshi të butë merimange.

Ndërsa bretkoca ishte ulur në diell, dhe ndërsa violina ishte duke luajtur, dhe ndërsa merimanga ishte duke thurur, dhe ndërsa pinguinët ishin duke luajtur me letra, në vendkalim, në rreshtin e tretë, dera e kuqe e një kamioni u hap dhe një dragua zbriti jashtë.

From the outside, gargoyles don't look much different from average dragons, but instead of fire they breathe – you guessed it: water.

Because of this special ability they usually work with the fire department. Therefore, nobody was surprised to see that this particular gargoyle was traveling in a fire truck. With a steady hand he extended the metal ladder that was part of the truck. 'What are you up to?' somebody asked him – because there didn't appear to be a fire anywhere nearby or a kitten stuck in a tree.

'I stand on this ladder all the time, but I've never actually considered for a single moment just enjoying the beautiful view!' said the gargoyle with a grin.
Then he started his climb.

And when he saw the big city spread out below him in the warm sunlight, he was so full of joy that he made a big cloud of shiny bubbles that floated gently to the ground and burst with a barely audible
... POP.

Nga jashtë, ky dragua nuk dukej shumë ndryshe nga dragojtë e tjerë, por në vend të zjarrit ata nxjerrin – a mund të ja qëlloni: ujë.

Për shkak të kësaj aftësie të veçantë ata zakonisht punojnë me zjarrfikësit. Prandaj, askush nuk ishte i befasuar teksa shihte këtë dragua të udhëtonte me zjarrfikse.
Me një dorë të qëndrueshme ai hapi shkallët metalike që ishin pjesë e kamionit. „Çfarë po bën?" – dikush e pyeti – sepse nuk dukej të kishte rënë ndonjë zjarr aty afër apo që ndonjë kotele të kishte ngecur në pemë.

„Unë rri në këtë shkallë gjatë gjithë kohës, por asnjëherë nuk më ka shkuar në mendje të shijoj këtë pamje të bukur!" tha Pastaj ai filloi të ngjitej.

Dhe kur pa se si qyteti shrihej poshtë tij i ndriçuar nga drita e diellit, u mbush plotë gëzim dhe madje filloi të nxirrte edhe flluska të cilat lundëronin ngadalë deri sa nuk binin në tokë dhe pëlcisnin ... POP.

Many hours later, when the little snail had finally reached the other side of the street, the twilight of night was already approaching.

'Good to see you – I've just arrived, too!' the rabbit greeted. He had been waiting for the snail leaning against a light post. 'What should we do? Are you hungry?'

Shumë orë më vonë, kur kërmilli më në fund kishte arritur në anën tjetër të rrugës, muzgu i natës tashmë po afrohej.

„Më bëhet qefi të ju takoj – edhe unë sapo arrita!" përshëndeti lepuri. Ai ishte duke pritur kërmillin i mbështetur në një shtyllë elektrike. „Çfarë duhet të bëjmë? A je i uritur?"

'And how!' the snail sighed and its gaze turned all dreamy at the thought of fresh lettuce.

'I've been traveling for quite a while ...'

The weather frog decided to drive back to the TV studio once again to make the last weather forecast of the day. The next day would be sunny, he knew that. After all, he had been watching the sky all day. For the first time, he thought, I have the feeling that I actually know what I'm talking about.

„Po, shumë!" tha kërmilli dhe sytë i shëndritën teksa po mendonte për marule të freskëta.

„Unë kam qenë duke udhëtuar për një kohë të gjatë ..."

Bretkoca parashikuese e motit vendosi të kthehej përsëri në studion televizive dhe të parashikonte motin për herën e fundit. Dita e nesërme do të ishte me diell, ai e dinte këtë. Në fund të fundit, ai kishte shikuar qiellin gjatë gjithë ditës. Për herë të parë, ai mendoj, unë e ndjejë se me të vërtetë e di se për çfarë jam duke folur.

Everybody else who had been waiting now continued on their way, filled with happiness from the sun, the music, and the bubbles. Some were carrying hammocks or clothes under their arms that the spider had made for them. The two casino penguins collected their playing cards, slipped back into their elegant tuxedos and gave their spot in the hammock over to the fat cross spider. She made herself cozy there and – tired from all her new impressions of the city in the daylight – fell asleep happily.

Të gjithë të tjerët që ishin në pritje tani vazhduan rrugën e tyre, të lumtur nga dielli, muzika dhe flluskat. Disa ishin duke mbajtur lëkundëse apo rroba të cilat iu kishte thurur merimanga. Dy pinguinët e kazinos morën letrat, veshën përsëri rrobat e tyre elegante dhe i lëshuan lëkundësen merimangës. Merimanga u rehatua e lodhur dhe fjeti e kënaqur me jetën e qytetit gjatë ditës.